벼랑 위의 사랑

벼랑 위의 사랑

차창룡 시집

민음의 시 164

민음사

自序

승가에 귀의하기 직전에 원고를 정리했습니다.
앞으로 어떤 시를 쓸 수 있을지,
저도 잘 모르겠습니다.

이 시집을 사랑하는 어머니께 바칩니다.

2010년 3월
차창룡

차례

3부 자본주의를 위한 자그마한 기여

4부 붓다

1부

이제는 사랑을 노래할 수 있을 것 같다

태양

한 번도 가까워진 적 없는 사랑이 있다
매일 한 번씩 캄캄해지는 사랑이 있다

죽은 나무는 죽은 나무가 아니다

내 손은 나도 몰래 죽은 나무를 만지고 있었다
죽은 나무는 여인의 몸처럼 부드러웠으나
내 손이 닿자마자 앗 소롯해지는 것이었다
그녀의 몸속에서는 예쁜 벌레들이 꼬물거리고 있었다

나는 나도 모르게 은밀한 깨달음을 얻고 있었다
죽은 나무가 죽은 채로 서 있어야 하는 이유는
사랑이 끝나지 않았기 때문이었음을
이파리와 꽃과 열매와 헤어졌다 해도

죽은 나무는 온종일 서서 기다리다 죽은 나무는
기다림이 벌레로 태어나 나비가 될 때까지
내가 죽어도 당신을 잊을 수 없음을 알 때까지

죽은 나무는 죽은 나무가 아니었다
새가 나무를 잠시 떠났다 해도 다시 돌아오고 마는 한
나무의 살 속에서 기다림이 낳은 벌레를 꺼내 먹는 한

부드러운 가시

미리 이별을 노래했지만
목이 쉬었을 뿐

그대와 왔던 길은 꿈이었고
우리 가는 길에는 꿈이 없네

건더기만 둥둥 떠 있는 하늘의 국물에
나는 눈물 한 방울 떨구어
하늘을 바다로 만든다

어디로 갈 줄 모르는 한 척의 배 위에
그대가 선물한 선인장 귀면각군생

제 몸을 뚫고 나온 여린 가시가
단단해지기를 기다리고 기다리다 보면
당신도 단단해질 거야

부드러운 솜털을 쓰다듬어도
내 손바닥에선 피가 난다

벼랑 위의 사랑

모든 사랑은 벼랑 위에서 시작되더라, 당신을 만나고부터
벼랑은 내 마음의 거주지. 금방 날아오를 것 같은 부화 직전의 알처럼
벼랑은 위태롭고도 아름다워, 야윈 상록수 가지 붙잡고
날아올라라 나의 마음이여, 너의 부푼 가슴에 날개 있으니,

일촉즉발의 사랑이어라, 세상은 온통 양귀비의 향기였다.
누가 먼저랄 것도 없이 당신과 나는 벼랑에서 떨어졌고,
세상은 우리를 받쳐 주지 않았다. 피가 튀는 사랑이여,
계곡은 태양이 끓는 용광로, 사랑은 그래도 녹지 않았구나.

버릇처럼 벼랑 위로 돌아왔지만, 벼랑이란 보이지 않게 무너지는 법,
평생 벼랑에서 살 수는 없어, 당신은 내 마음을 떠나고 있었다.
떠나는 이의 힘은 붙잡을수록 세지는 법인지.

모든 사랑은 벼랑 위에서 끝나더라, 당신을 만나고부터

내 마음은 항상 낭떠러지였다. 어차피 죽을 용기도 없는 것들아,

벼랑은 암시랑토 않다는 표정으로 다투고 있는 우리를 바라보았다.

비

비가 땅의 배를 줄기차게 두드리자
땅은 드디어 어여쁜 새끼를 낳았다
비야말로 신이라는 것을 느끼고 있을 때
어둠을 배경으로 밝은 그림을 그린 번개는

벼락으로 신의 힘을 보여 주었다
무섭고도 고마운 신이여 잘못했습니다
천둥의 꾸지람이 밤새 그치지 않았지만
지붕을 두들기는 당신의 노래가 얼마나 황홀했던지

한숨도 못 자고 일어난 아침이었다
강물의 멱살을 붙잡고 당신은 무서운 속도로 달려가고 있었다
그때 나는 하늘에서 쏟아지는 비가 사실은 피였음을 알았으며
신이 곧 악마라는 슬픈 진실을 확인하고 말았다

신도 악마도 고맙고도 두려운 존재라고 주장하면서
피는 세상을 물들이며 해독할 수 없는 괴성으로 말한다

신을 믿는 것은 곧 악마를 믿는 것

땅은 드디어 괴상한 새끼를 낳았다 신의 아이를

눈

바다로 흘러가 버리던 당신의 사랑이
오늘 이렇게 소복이 쌓여 있으니
세상 곳곳이 당신의 몸이어서 황홀함 한량없지만
차마 당신의 몸 밟고 갈 수 없음이여

빗자루로 당신의 몸 쓸어 한쪽으로 치우며
사랑은 결국 아픔임을 확인하고야 빼저리다
바다로 흘러가 버린 당신의 전생이
전생이 아니라 생생한 현생임을 알알이 만지면서

당신은 이렇게 사랑을 새하얗게 증명해야 했던가
미처 쓸지 못한 당신의 몸은 사람의 발에 밟혀
반들반들한 미끌미끌한 투명해지는 얼음
당신은 이렇게 사랑을 견고하게 증명해야 했던가

알 수 없다는 나의 표정이 당신의 얼굴에 비칠 때
당신은 기어이 눈물을 흘리고 있구나
오래 머무르고 싶다는 듯 땅 위에 쌓였지만 끝내는
눈물을 데불고 바다로 흘러가는 사랑이여

딜

우리는 항상 어디론가 간다

간다는 것은 작아진다는 것
간다는 것은 커진다는 것
간다는 것은 없어진다는 것

시간은
어린 짐승이 크는 것을 바라보는 것
다 큰 짐승이
작아지는 것을 내버려 두는 것

시간만큼 무거운 것은 없지만
시간은 누구에게나 같은 무게여서
시간을 들고 간다는 것은 누구에게나
기본이다

길 아닌 길을 지우며 우리는
오늘도 간다

바다는 피가 뼈다 살이다

우리는 모두 바다였다 어머니의 자궁에서 플랑크톤이었을 때
아무것도 아닌 아무것이었을 때 바다는 둥글고 끝이 없었고 슬펐다
우리는 필사적으로 살아남았고 어머니는 필사적으로 바다였으나
나는 어느 날 어머니의 자궁에서 기어 나왔다 바다를 탈출한 것이었다

그것은 숙명이었다 안에 있던 것은 반드시 밖으로 나오는 것
자갈을 주워 바다 가운데 던져도 해변에는 무수한 자갈들이 밀려 나와
바닷물을 막고 있었다 안심이다 어느 선은 절대 넘지 않는 바다가
보길도 예송리 해수욕장의 민박집으로 곧 뛰어들 것 같았으나

그것은 사랑이었어라 언제나 그 자리에 있는 세상의 처

음인 바다처럼

당신은 내가 바라볼 수 있는 곳에서 쉬지 않고 그리움이 었어라

당신 가슴에서 젖이 흐르고 사타구니에선 끊임없이 꿀이 솟아나는 건

당신 몸에서 신이 태어나고 사람이 태어나고 감로수가 태어났기 때문

산과 들이 있고 하늘이 있고 달이 있고 해가 있는 바다에 입술을 대고

나는 당신의 피를 마신다 그것은 당신의 뼈요 살이다

야무나

신이 신을 버리고 지상으로 내려오니
개와 가마우지가 뒤지는 시체 속에서
모든 생명체가 아름다이 꿈을 꾸누나
풀과 나무와 더불어 인간의 운명을 토론하면서
바람은 몸 없는 신의 모습을 그리는데

아들이 아버지를 죽인 것은 이미 신들의 일이지만
신도 인간의 자식에게 아비를 죽일 권리를 부여하니
아우랑제브는 아버지 샤자한을 죽이고 천하를 얻은 후
신이 되려다 그만 아버지가 되고 말았다
아그라 성과 타지마할 사이에 화장터가 있다

그것은 어떤 비극도 괜찮다는 뜻이다
장례식은 언제나 준비되어 있으니
연기는 동그라미를 그리며 하늘로 오르지만
재는 한사코 검은 강물 속으로 파고드누나
붉은 아그라 성과 하얀 타지마할 사이에 나룻배 한 척
촛불을 싣고 서쪽에서 동쪽으로 흘러갈 때

신이 신을 버리니 슬픔의 강이 되었어라
신이 신을 버리니 비로소 신이 되었어라
신으로서는 용서할 수밖에 없는 생명체의 반란
바람은 모든 생명체가 추악한 꿈을 꾸는 동안
소와 돼지와 더불어 몸 없는 인간의 운명을 토론한다

나의 꿈

—또는 윌리엄 허셜*의 꿈

나에게는 꿈이 있습니다
그 꿈은 머나먼 별에서 왔습니다
나의 꿈이 온 길을 거슬러
하늘의 강 하늘의 바다를
뗏목을 타고 건너갑니다
뱃사공은 묻습니다
당신의 목적지는 대체 어디오
나의 목적지는 나의 꿈
귀뚜라미 노래 들려오는 별
사공은 또다시 묻습니다
어디로 가자는 말인가요
당신의 꿈을 향해 가면 되오
우주에서 가장 외로운 곳으로
나의 꿈은 가면 거기 있소
당신의 꿈이 간 바로 그곳이
나의 꿈이 온 바로 그곳
나의 쉼터 나의 음악 나의 일터
사공과 나는 망원경 노를 저어
하늘의 파도를 헤쳐 갑니다

망원경이여 조금만 더 오르자꾸나
저 하늘의 언덕에 너의 꿈이 있으니
악마가 넌지시 바라보는 곳에서
나의 꿈은 망원경의 지휘에 따라
우주에서 가장 황홀한 춤을 춥니다

* 1781년 천왕성을 발견한 천문학자. 많은 곡을 작곡한 음악가였으나 중년 이후 천문학에 뜻을 두고 은하에 관한 이론을 정립하여 천문학 발달에 획기적으로 기여했다.

온수시방(溫水詩房)

오래된 동네가 좋아
흑석동에 정착하면서
내 방을 온수시방이라 이름 했다

온수는 나의 고향
따뜻한 물이 나오지 않는데도
이름은 온수

흑석동 나의 집은 언제나
따뜻한 물이 나오니
그 이름 온수시방

시를 쓰면서 시방 나는
없는 고향을 찾았다
이름이라도 온수

이제는 사랑을 노래할 수 있을 것 같다

갑자기 비가 와도 우산 없다 걱정하지 말자
이 세상에 완벽한 준비란 없다
몇 줌 흙으로도 시퍼런 바위틈 소나무를 보라
아파트 장만할 때까지 혼인을 미루지 말자

바람이 아직도 우리를 따라오고 있다
바람이 사라질 때까지 기다렸다간
영원히 촛불을 켤 수 없다
촛불을 켤 수 없다면 어둠 속에 몸을 섞자

바다에선 태풍이 무서운 속도로 올라오고 있지만
하늘에선 벼락이 무서운 속도로 내려오고 있지만
그래 봤자 인간에게 닥치는 최고 재난은 죽음
죽음 따위가 두려웠다면 애초에 태어나지도 않았으리

불행의 칼날이여 내 창자를 끊어 보아라
인간의 갈망을 죽이는 데 성공한 자는 없다
창자를 꽃목걸이처럼 목에다 걸고도
이제는 사랑을 노래할 수 있을 것 같다

2부

본능

당신의 유방

아 나는 우주를 가졌어라
벌거벗은 그대 가슴
입에 물면 한입에 바다여라
깊고 깊은 바닷속 그대 날 기다릴 때

높은 산을 뒤집어 바다를 저으니
그대 산꼭대기 입에 물고 올라오네
하늘도 그대 따라 올라와
그대는 산꼭대기 위에 우뚝 앉았어라

번개와 천둥은 하늘에서 살고
그대 앉은 자리 온갖 나무와 풀
물과 술과 꿀이 흐를 때

아 나는 우주를 가졌어라
벌거벗은 나의 마음
입에 물면 한입에 산이어라

창세기

—여자의 성기(聖器)

하느님이 여자의 성기를 만드실 때
하느님의 성기도 가만있진 못하셨을까

살아 있는 샘에서 물 한 모금 떠서
작업으로 잊었던 목마름 해결하셨을지

생각해 보니 가뭄이란 그런 것
하느님이 해결해야 할 일 너무도 많다는 뜻

하느님이 오줌 누는 것도 잠시 잊고 계신 동안
인간의 땅은 마를 대로 말라 지름대같이 타오르는 것

우주의 깊은 곳에 샘을 파신 하느님
가뭄쯤은 다 해결했다 생각하실 때

나의 목마름은 새로운 국면을 맞는다
마시면 마실수록 갈증 더 심해지는 샘물도 있다는 걸

왜 모르셨던 것일까 혹시 여자의 성기를 만들고
불쌍한 하느님은 그 물맛을 맛보지 않으셨는지

본능

깜깜한 날
천둥이 땅 밑에서 올라와 유리창을 흔드는 날
너도 가끔은 절규하라

아궁이에 불을 때기에
알맞은 날
오늘은 젖은 기름에 불을 붙이자
젖은 기름은 마른 장작보다도
화력이 세다

축축한 날
쉬 점화되지 않는 불이 오래가리니
너도 가끔은 마음껏 타오르라
어두울수록 번개는 더 환해지리니

하늘이 끓어넘치는 날은
땅에는 차가운 비
시린 손이여
아랫목으로 들어가자

계곡에 입술을 대고 물을 마시는 날

갑자기 말문이 막히고
가끔은 말라붙을지라도 실망하지 않으면
다시 흐른다 생은
나는 믿는다 바로 여기 꿈이 있음을

당신은 아는가 당신의 몸 중요 부위에는
털이 있음을 그리하여 나는
이 산에서 가장 소중한 곳은
계곡임을 새삼 깨닫는다

계곡에 입술을 대고 물을 마시는 날
황홀한 마음 어디론가 가고 없을지라도
바위여 너는 착한 이끼를 길러도 좋다
이끼 그 태초의 식물을

이제야 당신에게 경배할 수 있음을
용서해 다오 세상의 처음이 흐르고 흘러
마침내 바다로 갈지라도
이 자리에서 지키는 초심이여

겨울 굴참나무

당신은
단단하고 두꺼운 옷을 입었구료만
난 보아요 보고 말아요

그 옷 안에
보드레한 흙과 돌
젖꼭지 모양을 한 산이 있는 걸

산이 있으면 골이 있는 걸
기괴한 무늬의 갑옷 안에서
골짜기가 강이 되는 걸

당신의 삶만큼이나
파란만장한 피부 어루만지는 동안
난 들어요 듣고 말아요

고요한 노래가 숨어 있는
당신의 몸속에서
가장 뜨거운 폭탄이 폭발하는 소리를

가을, 북한산에서

한강이 일찍이 이렇게 내 몸을 펑 뚫고 들어온 적이 없다
내 뱃속은 온통 한강물로 벙벙하다
칼바위 능선에서 나는 내 가슴을 자근자근 쪼아 주었다
네가 할 수 없는 일이 그 무엇이란 말인가
너는 그 무엇도 포함하고 있는 그 무엇이고
그 무엇도 섞이지 않은 그 무엇이거늘
저 멀리 불암산에서 신호가 왔다
나는 개울 속을 들여다보고
세상이 나를 응시하고 있음을 깨달았다
저 멀리 관악산이 피를 토했다
이별이란 너의 행위가 아니라
바로 너다 너는 온통 이별이란 말이다
나무를 떠난 이파리를 향해 여러 색깔의 오줌을 누니
고여 있던 하늘이 강물이 되어 터질 것 같다

내 발소리가 겁이 나서

누군가 따라오고 있는 것이 분명헌디
뒤돌아보면 내 발소리
지워도 지워지지 않는 내 발소리
내 발소리 떼어 놓기 위해 뛰어가면
같이 뛰어오는 내 발소리

발소리 잊어버리려 노래 한 곡조
멀리 퍼지지 못한 노래가
귓속으로 돌아와 부딪치면서
"네 발소리 아직도 따라오는디"

언제부턴가
내 발소리가 나를 따라오지 않았다
나는 어른이거나 귀신이거나

늙어 가기 시작하는 늦은 오후
계룡산에 갔을 때였다
어두워지자
나의 발소리가 부활하는 거였다

"너는 죽어도 나를 벗어나지 못해"
무당은 기도할 터의 낙엽을 쓴다
서울 오니 어디론가 사라진 내 발소리
나는 덜컥 겁이 났다
보이지 않는 내 발소리

나무, 바위틈에서 죽다

난 바위틈에서 살아남았다
모래알 속에도 때론 일용할 습기가 있어
달콤한 척박함에 취해
떠난다는 것의 슬픔을 모르던 시절

나의 자식들은 어디로 갔는지 모른다
그것은 우리 계급의 운명
멀리 흩어지는 것이 성공이다
그곳에서 나처럼 살아남으리라 믿으며

나는 죽어서 또 바위틈에서 태어난다
바위를 조금씩 조금씩 갉아먹으며
바위야 아직도 가렵니 쓸데없이 묻는다

바위도 녹는다는 걸 아는가
그것은 살아 있음의 증거
나도 녹는다 슬픔이 물에 녹듯이 바위 속에서

제사

일찍 돌아가신 아버지 제사를 지내다 보면
갑작스레 나는 과일에 관심을 갖는다
왜 대추와 밤과 배와 감을 필수적으로
제사상 맨 앞자리에 놓는가
생각해 보니 이 제사상에서 과일만이 죽지 않았다
죽은 사람의 식탁에 산 생명이 앉아 있는 것이다
죽은 듯이 순응하는 대추의 씨앗은
잠시 쉬고 있을 뿐
대추나무 꽃은 반드시 열매를 맺고야 만다
꽃만 떨어지는 경우는 없으니
꽃같이 차려입은 색시에게 시어머니는
대추를 한 움큼 집어 던진다
애기 많이 낳고 잘 살그라이
땅속에 밤을 묻어 놓으면
땅속의 씨밤은 생밤인 채로 뿌리에 달려 있다가
나무가 자라서 씨앗을 맺어야만 썩는다
사람이 자식을 다 키운 후
자식들이 혼인하여 애기를 낳을 때까지 살아 있듯이
이렇게 나는 아버지의 제사상 앞에서

과일들과 대화를 나누다가
커다란 배 앞에서 말문이 막혔다
배는 과일 중의 과일이고
크고 수분이 많으며 영양도 풍부하다
과일의 왕을 제사상에 어찌 빠뜨리리
이런 궁색한 해석으로 넘어가면서
고욤나무에 감나무 가지를 끼우고 접을 붙이던
아버지를 생각한다
고욤나무에 접을 붙이면 그 나무는 커서 감나무가 된다
여자는 남자를 만나야 어른이 되고
남자는 여자를 만나야 어른이 되듯이
서로 만나 자식을 만들듯이
나무들은 과일을 만든단다
과일 속에는 씨가 있으니
자기가 먹지도 못하는 과일 속에 씨를 감추고
동물들도 먹을 수 없는 씨를 감추고
나무들은 동물들에게 먹어 보라고 하지
부모가 다 키운 자식을 세상에 내놓듯이

나는 죽은 아버지를 이미 오래전에 버리고는
살아 있는 과일들에게 넙죽 절을 했다

촛불

모든 촛불은 하늘을 향해 타오른다

모든 촛불은 자신의 몸이 연료다

모든 촛불은 눈물을 흘리며 타오른다

모든 촛불은 나방이 달려들면 소리 내어 울면서 몸부림치다가 나방이 불타 죽는 것을 어쩔 수 없이 바라보면서 다시 타오른다

모든 촛불은 자신의 몸만큼만 타오른다

모든 촛불은 바람이 달려들면 죽은 듯 누웠다가 사람의 따뜻한 손과 종이컵의 힘을 빌리거나 마침내 바람에 익숙해져 다시 일어선다

모든 촛불은 타오를수록 작아진다

모든 촛불은 결국 죽는다

모든 촛불은 그리하여 언제나 새로 태어난 촛불이다

석류

이 석류를 먹으면 너의 집으로 보내 주마
데메테르의 딸 페르세포네를 납치한 후
저승의 신 하데스는 이렇게 말했으나
석류를 먹은 페르세포네는 저승의 안주인이 되었다

왜 하필 석류였을까
석류알만큼 많은 자식이 염라대왕에게도 필요했단 말인가
세상이 이미 죽음의 자식인 걸 몰랐단 말인가
보라 무덤에 갇힌 이 무수한 알갱이들

안에서는 밖을 향해 발버둥 치는 꿈이 산다
내란으로 풍비박산이 되면서 질서의 벽이 터지자
어이쿠 저세상이 이렇게 환할 줄이야

우리는 심장이 터질 것 같은 공포로 껍질에 달라붙어서
눈부셔 벌게진 눈으로 바깥세상의 태양을 훔쳐본다
제 몸속에 단단한 이승의 씨앗을 감춘 채

겨울나무

단순해지면 강해지는구나
꽃도 버리고 이파리도 버리고 열매도 버리고
밥도 먹지 않고
물도 마시지 않고
벌거숭이로
꽃눈과 잎눈을 꼭 다물면
바람이 날씬한 가지 사이를
그냥 지나가는구나
눈이 이불이어서
남은 바람도 막아 주는구나
머리는 땅에 처박고
다리는 하늘로 치켜들고
동상에 걸린 채로
햇살을 고드름으로 만드는
저 확고부동하고 단순한 명상의 자세 앞에
겨울도 마침내 주눅이 들어
겨울도 마침내 희망이구나

3부

자본주의를 위한 자그마한 기여

언제부턴가 내 마음은 칼이 되어

언제부턴가 내 마음은 칼이 되어
세상 모든 일들을 도막 내기 시작했다
언제부턴가 내 마음은 칼이 되어
세상 모든 일들을 채 썰기 시작했다

언제부턴가 내 마음은 칼이 되어
칼바위 능선을 오르기 시작했다
칼바위는 까치와 다람쥐를 기르고 있었다
가슴에 소나무를 키우고 있었다

칼바위는 이름이 칼이었으나
칼이 아니었고 늘 쉬고 있었고
내 마음은 이름이 칼이 아니나
칼이 되어 한시도 쉬지 못하고 칼질을 했다

개구리가 교미하는 계절

물침대에서 나는 애인의 몸 안에
눈물을 쏟았다

호수공원에서 분수가 솟아올랐다

부부 싸움 끝에 한 청와대 행정관은
부인의 목을 졸랐다
나는 그를 이해한다
신이시여 이 죄 많은 마음을
돌로 쳐 죽이시기를

애인의 몸은 북한산 계곡의 개구리처럼
울고 있었기에
나는 한번 더 사정함으로써
슬픔을 달랬다
살아 있다는 것의

이른바 불륜이라는 운동을 뜯어말리는
동료의 완강한 손길에서

그 비밀을 알아 버렸음에도
동료의 품에 안긴 애인을
끝내 포기하지 못하고

바늘로 살짝 찌르자
물침대에서

우르르

강물이
쏟아져 나왔다

고시원은 괜찮소

가장 가까이 있는 당신에게
오랜만에 메일 보내오
늘 바쁜 당신
당신의 시간을 위해 짧게 쓰오
가장 멀리 있는 당신에게

이사한 집은 어떻소?
마당이 있고 나무가 있고 풀이 있고
바람이 있는 집이오?
당신이 있고 철이가 있으니
흙 속에 사는 벌레 한 마리도 행복하리라

당신과 함께 살았던 집과 세간을 정리하고
이곳에 왔소
당신과 철이가 없는 집은 이미 집이 아니오
도둑고양이도 오지 않는 감옥을 탈출하여
나는 납골당보다 조용한 이곳에 왔소

이곳은 당신의 몸처럼 정갈하고

당신의 마음처럼 차갑소
언제나 누군가 있고
언제나 누구도 없는
당신은 탄성을 지를 것이오
당신 성격에 딱 맞는 곳이네

드디어 친구가 생겼소
아내와 별거 중이라는군
고시원의 작은 방에 누우면 친구는
아내의 자궁 속에 누운 기분이라나
새로운 감옥은 독방이 아님에는 분명하구려

집의 운명

흑석동 68-15번지를 떠나 60-8번지로 갑니다
재개발 조합에서 온 사람들이
홀로 남은 68-15번지의 지붕을 부수고
벽에 구멍을 뚫습니다
더 이상 사람이 살아서는 안 된다는 뜻입니다
흑석동 68-15번지에 세워진 3층 벽돌집은
아직 젊지만 그렇게 입적했습니다
머지않아 67번지와 68번지가 하나가 되어
거대한 아파트를 하늘로 밀어 올릴 것입니다

기적의 집이여
죽어서도 부디 의연하여라
너의 자궁에서 가난한 생명이 감로수를 얻었나니
너는 네가 아닐 때
더욱 너일 것이다

그리고 나는 죽을 것이다*

불혹(不惑)에 월세방을 구하다가 문득
김수영의 난해시 「공자(孔子)의 생활난(生活難)」을 이해할 뻔했다

왜 위대한 성인들은 생활난에 허덕였을까
아니 왜 허덕이지 않았을까

매년 공자보다 더 많은 제자를 키우면서도
나는 왜 허덕임에서 벗어나지 못하는지

공자는 제자의 모든 것을 알지만
나는 제자가 몇 명인지도 모른다

* 김수영의 시 「공자의 생활난」의 마지막 연.

1인 시위 중인 노숙자 시인과의 인터뷰*

시(詩)란 무엇인가?

소 귀에 경(經) 읽기

그럼 경은?

정치인 귀에 시 읽기

방금 외친 구호는?

광우병 쇠고기
함부로 뱉지 마라

왜?

없어서 못 먹는다

* 이 시의 뒷부분은 안도현의 시 「너에게 묻는다」를 패러디했다.

대추

대추나무는 무수히 많은 열매를 맺는다. 크지도 않은 열매가 그득 열리면 가지가 휘어질 정도이다. 꽃 한 송이에 반드시 하나의 열매가 열린다. 꽃만 떨어져 버리는 경우는 없다. 유교적인 도덕관념에 따르면 사람도 태어났으면 반드시 자식을 낳고 죽어야 한다, 대추처럼. 제사상에 대추가 맨 첫 번째 자리에 앉는 이유다.

신랑신부가 신랑 가족에게 폐백을 드릴 때, 절을 받은 시어머니가 새 며느리의 치마폭에 대추를 한 움큼 던져 준다. 며느리는 한 톨이라도 놓칠세라 치마폭을 넓게 펴고 날아오는 대추를 덥석 받는다. 시어머니가 던져 주는 자식을 받아안는 것이다.

신부가 아기를 낳으면, 대문에 치는 금줄에도 당연히 대추를 매단다. 의학이 발달하지 않았던 때에는 많은 아기들이 성장하지 못하고 죽기 때문에, 아기를 많이 낳아야 했다. 그래서 가급적이면 많은 아기를 낳아서 안전하게 대를 이어야 했다. 아기를 낳고 낳고 낳고 또 낳고자 하는 의지가 한 알 두 알 세 알 네 알 다섯 알 여섯 알 일곱 알…… 많이 낳을수록 많이 죽었다.

물대포

물대포란 죽이고 싶은 것을 참는 대포
"지금부터 물대포를 쏘겠습니다"
여경의 목소리가 꼭 닫힌 사람들의
광화문을 뒤흔들 때

석가모니가 도솔천에서 설법하고 내려온 땅
상카샤에서 나는 며칠을 묵었다
내 방 화장실에서 한 살림 차린 곤충들을
수동 비데를 이용하여 소탕하면서
죽이고 싶지는 않았지만

물대포란
죽이고 싶어도 죽이다가 내가 죽을까 봐
겁나서 얼떨결에 쏘다 보면 대포보다 잔인해지는 대포
시위대가 쏜 까나리 액젓과 합류한 최루성 물대포가
청계천으로 흘러 청계천 물이 간간해졌다는 소식

전기도 들어오지 않는 상카샤에서
나는 비번인 간호사처럼 행복해하며

"물대포로 진짜 대포를 쏘겠습니다"
기아에 허덕이는 모기들을 향해
연일 비데의 물줄기를 쏘고 있었다

연못과 물고기

소쇄원(瀟灑園) 계곡을 가로지르는 나무다리 건너
광풍각(光風閣) 마루에 앉아 보라.
계곡 건너 오동나무와 대봉대(待鳳臺)가 있고,
그 밑에 크고 작은 두 개의 연못이 있다.
맑은 바람에 취해 아무것도 보이지 않는 사람은
이미 신선의 경지이니 신선주나 한잔하시라.

두 개의 연못에 물을 대 주는 나무통 따라 올라가 보라.
계곡 위쪽 바위틈에 고정된 홈통은
계곡물의 5퍼센트를 떠서 연못으로 나른다.
작은 연못이 먼저 물을 마시고 큰 연못에게 넘겨주면,
큰 연못조차 못 다 마시고 계곡을 향해 폭포를 만든다.

작은 연못과 큰 연못을 구경하는 물은 겨우 5퍼센트,
그 물도 나무통 중간중간에서 줄줄 넘치고 새 버리니,
연못까지 닿는 물은 3퍼센트에 불과하다.
사람의 세계도 그러하여 겨우 3퍼센트의 사람들만이
크고 작은 연못을 소유한 호화 주택에서 복락을 누린다.

그러나 또 보라, 연못을 통과한 물은 어김없이
죽음의 폭포를 이루며 다시 계곡으로 돌아오고 만다.

어느 날 피리 한 마리 홈통으로 쏙 빨려 들어가
3퍼센트의 물고기들이 빌라촌을 이루고 있는 연못으로 갔다.
태초에 마누는 물고기의 목숨을 구해 준 대가로
죽음이 휩쓴 세상에 홀로 살아남아 인류의 조상이 되었다.

거센 물살에 정신없이 떠내려오던 어린 피리는
이제야 온순한 물결의 연못에서 한숨을 쉰다.
몸통이 굵어지고 비늘 색깔도 알록달록해지니 피리는
어느새 안온한 세상이 싫어져서 폭포와 함께 뛰어내렸는데,
급물살을 타고 내려가다가 낚싯바늘에 걸려 구제되었다.

자본주의를 위한 자그마한 기여

또 포르노를 보고 말았다
인간의 욕망은 끝이 없고
욕망의 거름을 먹고
세상은 무럭무럭 자라고 있음에도

또 게임을 하고 말았다
어차피 인생은 지는 게임이야
보이지 않는 승자는 화면 너머로 가서
누군가에게 지고 있었다

또 여자를 사고 말았다
카드를 긁으니 여자의 시간이 내 것이었다
내가 사정할 때까지의 시간을 통해
여자는 구원받았고 국가는 세금을 얻었지만

또 자위를 하고 말았다
내가 소비한 휴지만큼 나는 후회하면서도
내가 소비한 휴지만큼 세계 경제에 기여했다면
세상에 유익하지 않은 것은 없을 것임에도

백일홍과 거북이

선암사 입구 삼인당이란 연못에 섬이 하나 있다. 톡 두드리면 병아리가 뛰쳐나올 것 같은 알 모양의 섬에는 본래 아무도 살지 않았는데, 언제부턴가 백일홍나무 한 그루 뿌리를 내렸다.

순천만 어느 어촌에 탐(貪)·진(瞋)·치(癡)라는 이름의 세 머리가 달린 이무기가 살고 있었다. 이무기의 횡포를 피하기 위해 마을에서는 해마다 처녀 한 명씩을 제물로 바쳤는데, 김 첨지의 딸 차례가 되자 그 처녀를 사랑하는 마을 청년이 백일 안에 이무기를 처치하겠노라 나섰다. 청년은 "돌아오는 배의 돛이 흰색이면 내가 이긴 것으로, 붉은색이면 죽은 것으로 아시오"라고 말하고 배를 띄웠다.

처녀는 백일 동안 관세음보살께 간절히 기도했다. 백일째 되는 날 청년을 태운 배가 수평선 위로 나타났으나 돛은 붉은 색깔이었다. 절망한 나머지 처녀는 자결하고 말았다. 이무기를 죽인 청년은 이무기의 세 머리를 돛 위에 매달았는데, 이무기의 머리에서 흐른 탐욕과 분노와 어리석음의 피가 흰 돛을 붉게 물들였던 것이다. 처녀가 죽은 자리에서는 붉은 꽃을 활짝 피운 나무 한 그루 솟아났는데, 사람들은 백일 동안 기도한 처녀의 넋이 꽃으로 피어났다 하여 백일홍(百日紅)이라 불렀다.

청년은 백일홍을 껴안고 백일 동안 먹지도 자지도 않고 울다가, 바닷가의 척박한 모래밭에 뿌리를 내린 이 나무를 아늑한 보금자리로 옮겨야겠다고 생각했다. 백일홍을 보듬고 온 세상을 헤매던 청년은 조계산 자락 선암사 입구의 연못에서 곧 부화할 것 같은 알 모양의 섬을 발견했다.

연못의 물은 일체개고(一切皆苦)요, 바람은 제행무상(諸行無常)이요, 연못을 비추는 햇볕은 제법무아(諸法無我)요, 이 셋을 합치면 삼인(三印) 또는 삼법인(三法印)이었으니, 연못의 이름은 삼인당(三印溏)이었다. 연못에 온 이가 연못 물을 마시고 바람을 쐬고 햇볕을 받으면, 연못에서는 열반적정(涅槃寂靜)이라는 이름의 연꽃이 피어났다.

청년은 백일홍과 함께 일체개고를 마시고, 제행무상으로 모래 먼지를 시원하게 털어 내고는, 알 모양의 섬으로 올라가 제법무아를 듬뿍 받았다. 새들이 노래를 불러 주었고, 물고기들이 나무 그늘 밑으로 들어왔으며, 뱀이 섬으로 기어 올라왔고, 나무껍질 속에서 꼼짝도 않고 있던 벌레들이 꿈틀꿈틀 기어 나왔다.

선암사 삼인당 작은 섬에 백일홍나무는 서서히 뿌리를 묻었고, 나무를 껴안고 있던 청년은 거북이가 되어 연못을 절대로 떠나지 않았다.

흑석3동 재개발구역에는 우물이 있었다

1

오래전에 쓸모없어진 우물이여
너의 심장은 어둠이다
유일하게 아름다운 너의 육체는
뚜껑 속의 어둠이다

굳게 입을 다물어라
먼 훗날 이곳을 지나는 중년 신사가
너의 뚜껑을 열어 보리니
그때까진 입을 꼭 다물어라

바람이 불어도 옆에서
서러운 울음소리가 하염없어도
너와는 상관없는 일이니
눈도 귀도 닫아라 코도 풀지 마라

그때 너는 벼락을 맞으리라
그때 너는 한 마리 새를 낳으리라

그때 너는 다시 태어나리라
그때 너는 우물로부터 해방되리라

2

오래전에 쓸모없어진 우물은
굳게 입을 다물었지만

지나가는 한 중년 신사가
뚜껑을 열어 보았다

뚜껑을 여는 순간
우물 속에 숨어 살던 절망이란 처녀새가
푸드덕 하늘로 날아올랐다는 소문

오랫동안 비가 내리다 그치자
아파트가 솟아올랐다

강

신은 우리에게 꿈을 주었다. 꿈은 물이다.
신은 우리에게 독을 주었다. 독은 오만이다.

강은 폭탄주다. 폭탄주는 마실 때는 좋다.

갠지스 1

돌아가야 한다
하늘에 두고 온 것이 있다

갠지스 2

기다려야 한다
하늘에서 내려올 것 있다

밀지 마라

소나기

아직도 할 말이 있느냐?

4부

붓다

붓다

당신은 누구의 화신도 아닌,
당신 자신입니다.
누구의 화신도 아닌 당신을
누구의 화신도 아닌 내가
사랑해도 될까요?

당신이 누구의 화신도 아니듯이
나도 누구의 화신이 아님에도
나 자신이란 생각으로부터 벗어나라고
당신은 말씀하십니다.

당신 자신이신 당신을 만나기 위해
나는 사랑합니다.
나 자신일 뿐인 내가 사랑합니다.
당신은 말씀하십니다.
너는 네가 아니다.

룸비니와 카필라바스투

어머니,
왜 그리 일찍 가셨나요?
원망하진 않습니다.
어머니의 사랑을 둘로 나누어
보여 주시기 위해 가신 것 압니다.
또 한 분의 어머니가
당신이 되었습니다.
말씀하지 않으셔도 그 사랑 압니다.

그리하여 나는 당신을 떠납니다.
여보!
사랑하지 않아서가 아닙니다.
알아요?
사랑이 사무쳐서 떠났음을.
나의 말 칸타카가 나를 사랑하듯이
당신을 사랑하지만,
더 깊이 사랑하는 방법을 꿈꾸면서
나는 떠났어요.

세세생생 끊이지 않는 인연으로 당신을

사랑합니다, 사랑했습니다.

보드가야

지금 이 순간 당신의 사랑은 완벽합니다.
당신과 내가 둘이 아닌
하나가 된 순간
그리하여 둘이기도 한 순간
사랑하는 이를 더욱 사랑하는 방법을
알았습니다.
사랑하지 않는 이를 미워하지 않는 방법을
알았습니다.

그런데 나의 사랑을
방해하는 이가 있어요.
미워하지 않는 사랑은 거짓이라고
말하면서
질투하지 않으면 죽은 것이라 말하면서
사랑을 방해하는 이가 있어요.

아무리 방해해도
당신을 아는 이 황홀함!
당신을 아는 이 황홀함!
멈출 수 없습니다.

초전법륜(初傳法輪)

내 사랑의 방법을 전달하고 싶어요.
내 사랑의 방법은
나 자신을 사랑하고
모든 이를 사랑하는 방법!
그러나 내 사랑의 방법
알아들을 이 있을지 두려워요.

나는 꿈꾸듯
옛 친구들을 찾아 사랑의 방법을 전달하고자
200킬로미터를 달렸어요.
7일 동안 달렸어요, 맨발로 달렸어요.

그리하여 도착한 아름다운 땅에서
내 친구들은
내 사랑의 방법
단박에 알아들었죠.

역사가 바뀌는 순간!
세상이 열리는 순간!

라지기르*의 안개 1

보이지 않는 물방울이 시야를
이토록 완벽하게 가로막을 수 있단 말인가
부서지고 부서져도 공기가 되지 못하는
물의 카르마가 부서진 채로 부서지지 않는다

이 울타리에서 벗어나고 싶다
나는 힘껏 소리를 던져 보았다
나의 목소리는 멀리 가지 못하고
대나무 이파리 속으로 사라진다

아 그래도 이 도시에 온천이 있어
가끔씩 대지의 젖을 먹자
대지의 젖가슴에서 독수리가 날아오를 때까지

붓다의 제자들이 경전을 결집한 곳으로
혼자서 가지 마라 세상이 너무도 무서워서
가난한 사람은 무서운 것이 없다**

* 인도에서 가장 가난한 주 비하르에 있는 작은 도시. 옛날 석가모니가 최초의 절 죽림정사를 세웠던 마가다국의 수도 라자그리하가 곧 이곳이다.

** 사방이 산으로 둘러싸인 라지기르에서는 산책하기가 더없이 좋으나 혼자서 산에 가는 것은 위험하다. 한적한 곳에서 홀로 산책하는 여행자를 보면 선량한 사람도 강도로 돌변할 수 있기 때문이다. 특히 붓다의 제자들이 경전을 결집했다는 칠엽굴(삽타파르니) 가는 길은 인적이 드물기 때문에 더욱 주의해야 한다.

라지기르의 안개 2

멀리서 달려온 마차가
내 바로 앞에서야 마차가 된다
뚜벅뚜벅 걸어온 그림자가
가까이 오더니 사람이 되었다

무슨 조화인가 법화경 들으러 영취산 가는 길
멀리서 보고 나는 보석인 줄 알았다
그것은 뼈가 튀어나온 개의 시체였다
냄새와 살이 풍성한 벌레의 먹이였다

거지들이 길을 가로막고 손을 내밀자
산을 오르는 계단 몇 개가 늘어났다
안개 속에서 태어난 원숭이가 채 간 것이
옥수수가 아니라 가난이라면

붓다라면 허허 웃으셨겠지
아니 하나 더 내미셨겠지
강냉이가 아니라 팔뚝이라도
붓다의 팔뚝이 거지들의 모닥불로 타오를 때

빔비사라 왕은 아들의 발소리를 듣더니 자결했다
뉘우친 아들이 아버지에게 사죄하러 온 것이었으나
아들은 언제나 한발 늦게 마련이다*
그날도 오늘처럼 안개가 무성했을 것이다

* 마가다국의 빔비사라 왕은 어렵게 아들 아자타샤트루를 얻었으나, 아들이 아버지를 해할 것이란 예언을 듣고 아들을 죽이려다 실패했다. 예언이 두려우면서도 빔비사라 왕은 아자타샤트루를 끔찍이 사랑했는데, 아들은 하루빨리 왕위에 오르고 싶어 쿠데타를 일으켜 왕위를 찬탈하고 아버지를 감옥에 가둔다.

바이샬리의 이별

사랑하는 이여,
당신은 기어이 떠나시는군요.
더 이상 당신을 따라갈 수 없게
당신 뒤에 강물을 만드시는군요.
강물을 헤치고 당신을 따라가고 싶지만
그것은 당신의 뜻이 아닐 테지요.

이렇게 헤어져야 합니까?
당신도 아쉬워하시는군요.
돌아서는 당신의 몸동작이
마치 코끼리가 몸을 한 바퀴
돌리는 것과 같습니다.

가지 마시라는 말씀은 드릴 수 없습니다.
다만 사무치게 그립습니다.
그리워하지 말라는 말씀은
하지 않으시리라 믿습니다.
다만 사무치게 그립습니다.

천불화현(千佛化現)

사랑은 기적입니다.
기적은 이별을 낳습니다.

당신이 기적을 보이시고
하늘로 오르신 후,
당신을 기다리는 세월은
참으로 길었습니다.

그러나 짧았습니다.
당신이 반드시 올 것이기에
기다리는 세월이 아무리 길어도
결코 긴 세월 아닙니다.

천년 동안 묻혀 있었던 당신이
돌아왔습니다.
세상에는 당신의 목소리가
널리널리 울려 퍼지고 있습니다.

사랑은 기적입니다.

이별을 낳더라도 사랑은

계속될 것입니다.

상카샤

우리의 사랑은 신화입니다.
마치 사실이 아닌 것 같지요.
사실인 것 같은 사실이라면
그것은 사랑이 아닙니다.
신화 같은 사실이
사랑입니다.
우리의 사랑은 신화입니다.

당신이 훌쩍 떠나실 때,
우리는 당신을
다시는 못 보는 줄 알았습니다.
당신이 어느 곳으로 가신지 몰랐을 때,
우리를 정녕 잊으신 줄 알았습니다.

그러나 당신은 새로운 땅에서
새로운 우리를 만나고 계셨습니다.
새로운 사랑은 새로운 신화를 만듭니다.
우리의 사랑은 신화입니다.

쿠시나가르

당신의 육신에 불이 붙었습니다.
알뜰했던 당신의 육신이
임무를 끝내고 영원히 잠든 날,
당신의 육신에 불이 붙었습니다.

세상에서 가장 아름다운 불이었습니다.
불이라고도 부를 수 없는 불이었습니다.
불이 활활 타올라 우리들의 가슴에서
불이라고 부를 수도 없는 불이
활활 타올라 우리들의 눈에서
뜨거운 눈물이 흘렀습니다.

그 눈물을 모아 만든 거대한 탑에서
만나기로 약속했지요?
언제였던가요?
그때 뵙겠습니다.

■ 작품 해설 ■

위대한 자가 꾸는 꿈

김태형(시인)

모든 촛불은 자신의 몸만큼만 타오른다

—「촛불」에서

현대사회의 일상성에 대한 희극적이고 정치한 성찰, 자아와 욕망의 근원을 향한 서정적 모험은 차창룡의 시가 천착해 온 지점이다. 그리고 인도와 불교의 소재를 그 흔한 견성(見性)의 차원으로 끌어올리지 않고 세계와 마주한 삶의 자리로 이끌어 온 것은 또 다른 축을 이룬다. 그 다채로운 시의 외연은 굴절된 웃음과 풍자의 언어를 거느리고 있으며, 때로는 자기 해체적인 고백의 수사를 보여 주기도 했다. 이러한 시적 변모의 추이를 따라오다 보면 어느덧 그가 광대한 신화적 세계관에 도달해 있는 지점을 만나게 된다. 그 안에는 죽음에 대한 공포, 세계에 대한 적의를 넘어 자기의 세계를 송두리째 파괴하고 다른 세계로 존재의 전환을 실행하려는 결연한 의지가 담겨 있다. 그의 시는 본원적인 삶의 의미를 향해 나아간다.

그가 맞닥뜨린 현대사회에 미만한 소외와 억압은 근대적 주체의 이성이 선택한 정연한 명제들이 오히려 어떤 '가치'들을 철저하게 왜곡하는 데서부터 비롯되었을 것이다. 노동을 강제하는 타율적 규칙, 모든 것을 수치로 환산하는 계량적인 삶의 양식, 무한 경쟁 체제를 극한의 속도 위에서 보편적이고 효율적인 것으로 인식한 시장의 원리는 근대적 시간성이 제도화된 차가운 자궁 속에서 태어난 것들이다. 차창룡의 시는 "해가 넘어가도 넘어가지 않는 가난"(「쟁기질 1」, 『해가 지지 않는 쟁기질』)으로부터 그 기원을 찾을 수 있다. 그는 비속화된 개별성의 세계와 자본주의적 삶의 양식을 '똥'이라는 자신의 육체성으로 환원해 왔다.

시인은 첫 시집 이후에 와서야 자신의 진정한 출발을 선언한 바 있다. 황톳빛 '아버지'의 세계를, 그는, 기필코 벗어나고자 했던 것이다. 자신의 '시론', 자기만의 시선을 통해 세계를 가로지르며 스스로 '존재'하고자 했으리라. 그러한 미적 체험 이후의 시 세계를 보면 그의 삶과 의식의 체계들이 어떤 정점을 향하고 있음을 발견할 수 있다. 이번 시집은 무엇보다도 순식간에 터져 나온 깨달음이나 준열한 일성(一聲)처럼 현실과 관념의 총체 위에서 그의 삶과 의식이 어떤 완성을 향해 나아가는 순간을 여실히 보여 준다.

순환과 재생의 신화

인도 신화는 이 세계를 위대한 자가 꾸는 꿈이라고 말한다. 그 꿈은 영원의 바다 위에서 끊임없이 증식한다. 우주의 유지와 보수를 담당한 비슈누(Vishnu)는 '끝없음'이라는 의미인 뱀의 왕 아난타(Ananta) 위에 누워 이 세계를 꿈꾼다. 그 꿈에 의해 비로소 인간의 삶은 형상을 갖추기 시작한다. 비슈누의 꿈, 마야(Maya)로서의 인간의 삶, 불교 용어로는 삼계(三界)인 이 세계는 영원의 우주적 대양 위에서 꿈틀거린다.

현현하지 않는 비가시적 세계로부터 비롯된 신화는 다른 시간 위를 떠다니고 있다. 신화는 보이지 않는 세계를 향해 열린다. 그 무의식의 차원으로 걸어 들어가는 경험을 통해서 '삶'은 사실 너머의 진정성과 마주한다. '영원'은 우주의 발생이 끝없이 순환하는 것을 의미한다. 시작도 끝도 없이 오로지 현재에 매달려 있는 멈춰 버린 시간도 아니고, 사회적 진화론자들의 선택받은 계몽주의의 시간도 아니다. 신화 속에서 순환적인 우주의 시간은 영원으로 표상된다.

신이 신을 버리고 지상으로 내려오니
개와 가마우지가 뒤지는 시체 속에서
모든 생명체가 아름다이 꿈을 꾸누나

풀과 나무와 더불어 인간의 운명을 토론하면서
바람은 몸 없는 신의 모습을 그리는데

아들이 아버지를 죽인 것은 이미 신들의 일이지만
신도 인간의 자식에게 아비를 죽일 권리를 부여하니
아우랑제브는 아버지 샤자한을 죽이고 천하를 얻은 후
신이 되려다 그만 아버지가 되고 말았다
아그라 성과 타지마할 사이에 화장터가 있다

그것은 어떤 비극도 괜찮다는 뜻이다
장례식은 언제나 준비되어 있으니
연기는 동그라미를 그리며 하늘로 오르지만
재는 한사코 검은 강물 속으로 파고드누나
붉은 아그라 성과 하얀 타지마할 사이에 나룻배 한 척
촛불을 싣고 서쪽에서 동쪽으로 흘러갈 때

신이 신을 버리니 슬픔의 강이 되었어라
신이 신을 버리니 비로소 신이 되었어라
신으로서는 용서할 수밖에 없는 생명체의 반란
바람은 모든 생명체가 추악한 꿈을 꾸는 동안
소와 돼지와 더불어 몸 없는 인간의 운명을 토론한다

—「야무나」 전문

베다 시대의 신화에서 천신(天神)으로 군림했던 디야우스(Dyaus)는 아들 인드라(Indra)에 의해 대지로 떨어져 처절한 죽임을 당한다. "신이 신을 버리고 지상으로" 내려왔다는 것은 그 숨은 문맥을 살펴볼 때, 실제 신이 지상의 인간으로 내려왔다는 의미가 아니라 세속적 욕망에 의해 타락한 인간이 광대한 세계를 지배하는 신적인 존재가 되고자 하는 허욕으로 이해하는 것이 좋을 것이다. 아버지를 권좌에서 끌어내려 성에 가두고 새로운 권력을 세우고자 했던 아들의 세계는 이미 신의 세계를 모방한 것에 지나지 않는다.

신이 되고자 했던 한 불완전한 존재는 그 스스로 부재의 영역으로 끌려 들어갈 수밖에 없는 운명을 안고 있다. 아들은 곧 아버지가 되고 만다. 아버지를 죽이고 세계를 차지하려 한 인간의 욕망은 결국 그 대가를 치르게 됨으로써 비극은 역설적이게도 비극을 넘어선다. 인간에게는 '슬픔의 강'이지만, 신의 세계를 함부로 모방한 인간의 비극적인 운명은 오히려 '신'의 위대함을 증명한다. 인간의 꿈은 한갓 '추악한 꿈'으로 전락해 있다. 우주의 꿈을 꾸려 했던 지상의 인간은 바람으로 "몸 없는 신의 모습을 그리는데", 그것은 죽은 아버지의 운명을 따르게 될 뿐이다. 처음의 '바람'은 우주적인 생명의 숨결을 모방한다. 그리고 마지막 '바람'은 결국 꿈에 불과한 "몸 없는 인간의 운명"을 환기한다.

그렇게 바람의 '토론'이 끝날 때쯤이면, 바람은 메마른 세계를 휘몰아치며 파괴의 불을 일으킬지 모른다. 불은 '연기'와 '재'의 동인(動因)이다. 연기는 커다란 구름의 형상으로 변해 비를 내리고 원초적인 대양으로 다시 돌아갈 것이다. 강물에 쓸려 내려간 재는 대지와 함께 물속에 가라앉을 것이다. 베다에서 비슈누는 태양신이었다. 그렇게 태양 자신인 비슈누의 꿈은 물속에 반쯤 잠긴 채 종국에는 불꽃으로 타오를 것이다. 재생의 고리는 다시 순환적인 시간에 연결되어 있다.

> 한 번도 가까워진 적 없는 사랑이 있다
> 매일 한 번씩 캄캄해지는 사랑이 있다
>
> —「태양」 전문

언뜻 이 시는 대상에 이르지 못한 좌절과 그 슬픔에 관한 것으로 이해할 수 있다. 또 다른 시 「달」에서 주기에 따라 변하는 자연의 섭리를 통찰하고 실재의 길이 아닌 추상의 새로운 길을 인식하듯이, 「태양」 역시 그 빛과 어둠의 주기를 통해 자신의 감정을 빗댄 것처럼 보인다. 그러나 이 시의 무의식에는 자기 파괴와 소멸을 향한 가능성으로서의 삶의 염원이 자리하고 있다. 궁극적인 '사랑'의 목적은 '태양'에 의해 자기 자신을 한순간에 태워 사라지게 하는 데 있다. '사랑'을 태양과 같이 강렬한 것으로 등치하는 데 그치지 않고, 시의 이면에는 파괴의 기원이 숨어 있다. 그 무의식은 파괴도 소멸도 아닌 바로 재생을 기다리는 자의 파토스(Pathos)를 품는다. '사랑'은 "세상에서 가장 아름다운 불"(「쿠시나가르」)을 체현하는 그 모든 것을 함의한다.

원형의 밤

길은 언제나 구체적인 그 어느 곳을 향하지만, 그 지향점이 '꿈'이라면 길이 끌어안은 공간적 개념은 무의미해진다. "항상 어디론가"(「달」) 가는 것은 직선적인 시간관념을 벗어나서 순환하는 우주적 질서를 따른다. 시인은 그것을 "길 아닌 길을 지우며" 간다고 표현한다. 「온수시방(溫水詩房)」에서 알 수 있듯이 "나의 고향"이면서 "없는 고향"일 수밖에 없는 그곳을 찾아가는 길 위에 지금 시인은 서 있다. "나의 목적지는 나의 꿈"(「나의 꿈」)이지만, 시인은 "당신의 꿈을 향해 가면" 된다고 말한다. 나와 당신은, 그리고 우리는 각자 다르다 하더라도 그 근원은 동일하기 때문이다. 그래서 나와 당신의 꿈은 생명의 원형, 우주의 본질에 닿아 있다.

계곡에 입술을 대고 물을 마시는 날
황홀한 마음 어디론가 가고 없을지라도
바위여 너는 착한 이끼를 길러도 좋다

이끼 그 태초의 식물을

이제야 당신에게 경배할 수 있음을
용서해 다오 세상의 처음이 흐르고 흘러
마침내 바다로 갈지라도
이 자리에서 지키는 초심이여

—「계곡에 입술을 대고 물을 마시는 날」에서

시인이 찾아가는 원형의 우주는 육체의 깊은 곳에 가라앉아 있는 본능을 적나라하게 드러내면서 현현한다. "벌거벗은 그대 가슴/ 입에 물면 한입에 바다"(「당신의 유방」)가 된다. "마시면 마실수록 갈증 더 심해지는 샘물"(「창세기」)처럼 육체의 욕망을 밑바닥까지 끊임없이 소진한 후에야 비로소 어떤 세계가 보이기 시작한다. 시인은 그곳에서 태초의 "고요한 노래가 숨어 있는"(「겨울 굴참나무」) 공(空)의 세계, 우주적 바다로 가고자 하는 '초심'으로서의 진정한 본능을 자각한다.

물 이미지는 길과 꿈의 상징이다. 마치 아난타가 영원이면서, 또 안내자로서의 뱀의 형상을 한 것처럼. "신은 우리에게 꿈을 주었다. 꿈은 물이다."(「강」) 그의 시에는 유독 '바다' 이미지가 넘쳐 난다. '바다'는 생명의 근원이며, 마침내 도달해야 할 지복의 세계를 의미한다. 또한 비슈누의 꿈이 태어나는 삶의 자리이기도 하다. 시인의 물 이미지는 이렇게 양가적인 속성을 품고 있다. 신이 이 세계를 꿈꾸는 것처럼 인간 역시 신을 꿈꾼다. 아니, 이 세계를 꿈꾼다. 그러나 인간의 꿈은 늘 좌절하고 만다. 추악한 세계에서 더욱 추악한 꿈을 꾸기 때문이다. 꿈의 상실은 세계의 상실이다. 그래서 시인은 "하늘을 바다로"(「부드러운 가시」) 만들어 한 척의 배를 띄우려고 한다.

꿈은 충만한 대양의 축복 위에서만 이 세계를 이루는 것이 아니다. "비야말로 신"(「비」)이지만 그 신이 가져온 풍요의 상징은 이 지상에서 생명과 고통으로서의 이중적인 '피'의 이미지가 된다. 신과 악마 사이에 존재하는 '신의 아이', '괴상한 새끼'야말로 잘못 꾼 꿈의 실체이면서 어찌할 수 없이 윤회의 지독한 사슬에 얽매인 존재들이다. 기필코 다시 돌아가야 할 어머니의 자궁-바다는 "신이 태어나고 사람이 태어나고 감로수가 태어"난 곳이지만, 지금 이곳에서 시인은 젖과 꿀이 아닌 고통과 희생의 '피'를 마셔야만 한다. 꿈을 향한 꿈은 '슬픈 진실'이다.

우리의 사랑은 신화입니다.
마치 사실이 아닌 것 같지요.
사실인 것 같은 사실이라면
그것은 사랑이 아닙니다.
신화 같은 사실이
사랑입니다.

우리의 사랑은 신화입니다.

—「상카샤」에서

'사랑'이라는 행위는, 혹은 관념은 저 무한의 우주적 밤을 찾아가는 방법일 것이다. 지금 그 '사랑'은 자기 파괴의 순간을 맞이하고 있다. "신화 같은 사실"은 이성의 완강한 강제 앞에 무력하지 않고, 제 안의 깊은 무의식 속에서 삶의 본래성을 구현한다. 자기 자신을 찾는다는 것은 "나 자신이란 생각으로부터 벗어나"(「붓다」)는 일이다. 소유와 집착, 제도화된 권력에 통제당한 현대사회의 물적 욕망에서 벗어나는 것은 거짓 자아를 버리고 진정한 자기를 찾아가는 일이다.

타자의 욕망과 새로운 주체의 공간

근대적 자의식은 그 과학적인 합리성의 기획으로 말미암아 오히려 인간을 개체화시키고 제도의 강제력 앞에 무력하게 만들었다. 소비사회의 물적 풍요와 개인의 자유는 타율적인 체계를 낳았다. 상품 앞에서 주체는 자기기만적이다. 선택은 언제나 주체의 무의식을 장악한 시장의 몫이 되었다. 자유는 하나의 방어기제일 뿐이다. 경제적 가치만을 삶의 척도로 받아들인 사회에서 자기 자신의 정체성

(Identity)을 확립한다는 것은 다름 아닌 주체성(Identity)의 문제로 귀결된다.

> 또 여자를 사고 말았다
> 카드를 긁으니 여자의 시간이 내 것이었다
> 내가 사정할 때까지의 시간을 통해
> 여자는 구원받았고 국가는 세금을 얻었지만
>
> 또 자위를 하고 말았다
> 내가 소비한 휴지만큼 나는 후회하면서도
> 내가 소비한 휴지만큼 세계 경제에 기여했다면
> 세상에 유익하지 않은 것은 없을 것임에도
>
> —「자본주의를 위한 자그마한 기여」에서

자본주의는 무제한적인 욕망을 확산시키면서 일상을 지배하고 통제한다. 그 욕망은 항상 외부에서 전이된 욕망이다. 욕망은 끊임없이 확대 재생산된다. 「성교에 관한 몽상」(『고시원은 괜찮아요』)에서 작은 셋집들이 비좁게 다닥다닥 붙어 있는 달동네는 서로의 소리를 공유할 수밖에 없다. 이곳에서는 은밀한 신음마저 벽을 넘고 담을 넘어 다른 집에까지 새어 나간다. 이 신음 때문에 괜한 성적 욕망에 사로잡히게 된다. 자기의 욕망이 아닌 외부에서 전이된 욕망은 그 순간 '자기'를 잃게 한다. 이것은 하나의 예시에 불과

하다. 욕망을 소비하는 것은 자본의 끝없는 재생산을 위해서 필요할 뿐이며, 소비사회는 그러한 욕망을 관리하고 통제한다. 타자의 욕망은 실체적 사고가 아닌 다른 기호와의 차이와 관계 속에서 생산된다.

> 드디어 친구가 생겼소
> 아내와 별거 중이라는군
> 고시원의 작은 방에 누우면 친구는
> 아내의 자궁 속에 누운 기분이라나
> 새로운 감옥은 독방이 아님에는 분명하구려
>
> —「고시원은 괜찮소」에서

고시원의 방은 한 사람이 간신히 삶을 견딜 정도로만 최소한의 공간을 제공한다. 고시원은 소외와 개체화의 공간이며, 현대사회의 강제된 고통을 인내하도록 고안된 비인간적인 공간이다. 고시원은 이제 "새로운 감옥"으로 진화하고 있다. "아내의 자궁 속에 누운" 것 같은 고시원의 비좁은 공간은 자기 자신을 잉태하는 형국이다. 이 '감옥'은 여지없이 불모성을 재생산한다. 그러나 이러한 자기만의 고독한 공간은 타자의 욕망이 아닌, 오로지 자기 자신으로부터 '자기'를 꿈꾸는 새로운 주체의 공간으로서 어떤 가능성을 갖게 될지 모른다.

기적의 집이여

죽어서도 부디 의연하여라

너의 자궁에서 가난한 생명이 감로수를 얻었나니

—「집의 운명」에서

집은 새로운 존재가 태어나고 머물며 꿈꾸는 곳이다. 하지만, 이제 그 탄생의 거점은 사라지고 있다. 재개발 지역에 낡은 집이 헐려 나가고 아파트 단지가 들어서기 시작했다. 다세대주택에 기거하던 가난한 서민들은 고작 몇 평의 안락한 거주지마저 잃고 쫓겨나야만 한다. 집이 헐려 사라지기 전까지 그곳에서 시인은 영원을 꿈꾸는 존재였다. 이제 그 꿈마저 금융자본을 기반으로 한 부동산 시장의 위력 앞에 사라지고야 말 운명에 처해 있다.

재개발이 진행되는 동안 오래전에 그 쓸모를 다하고 망각 속으로 사라졌던 우물 속의 어둠이 드러나기 시작한다. 그 우물의 뚜껑을 여는 순간 "절망이란 처녀새가/ 푸드덕 하늘로 날아올랐다는 소문"(「흑석3동 재개발구역에는 우물이 있었다」)이 어수선한 골목을 잠시 스쳐 지나간다. 아파트만이 하늘을 향해 솟아오를 뿐이다. 시인은 이렇게 '절망'의 소문마저 한순간의 덧없음으로 사라지는 삶의 불모성으로부터 벗어나고자 한다. 자기 자신을 찾는 일은 타자의 욕망이 지배하는 현실을 부정하고 성찰하는 일이다.

죽음 이후

우파니샤드는 자유를 궁극적 실재인 신과 합일한 상태로 보았다. 궁극적 자유를 얻지 못한 이들은 시공간의 사슬에 얽매여 끊임없이 필멸자의 운명을 반복하게 된다. 죽음 이후의 세계를 인지하기 시작한 것은 베다 시대였지만 아직 그 실체는 분명하지 않았다. 우파니샤드에 이르러 재생의 개념은 두 가지 길을 찾아낸다. 궁극자의 빛의 세계인 데바야나(Devayana)와 윤회를 거듭하는 어둠의 세계인 피트리야나(Pitryana)가 그것이다. 이러한 고대인들의 세계관은 언제나 현생의 윤리에 깊은 영향력을 행사해 왔다.

시인은 자기를 파괴함으로써 또 다른 순환의 주기를 맞아 재생의 길을 찾으려 한다. 태양의 불 속으로, 우주적인 바다로 나아가는 것만으로 '사랑'의 궁극적 완성이 이루어지는 것은 아니다. "죽은 나무가 죽은 채로 서 있어야 하는 이유는/ 사랑이 끝나지 않았기 때문이었음을"(「죽은 나무는 죽은 나무가 아니다」) 인식하는 시인에게 '사랑'은 단순하게 대상과의 합일과 교감으로 한정되지 않고, 우주적 순환의 광대한 순리 속에서 자기 존재를 새로이 거듭나게 하는 일체의 것이 된다. 그렇게 시인이 꿈꾸는 순환과 재생의 길은 윤회의 사슬을 끊고 '빛의 세계'를 향할 것이다.

모든 사랑은 벼랑 위에서 시작되더라, 당신을 만나고부터

벼랑은 내 마음의 거주지. 금방 날아오를 것 같은 부화 직
전의 알처럼
벼랑은 위태롭고도 아름다워, 야윈 상록수 가지 붙잡고
날아올라라 나의 마음이여, 너의 부푼 가슴에 날개 있으니,

일촉즉발의 사랑이어라, 세상은 온통 양귀비의 향기였다.
누가 먼저랄 것도 없이 당신과 나는 벼랑에서 떨어졌고,
세상은 우리를 받쳐 주지 않았다. 피가 튀는 사랑이여,
계곡은 태양이 끓는 용광로, 사랑은 그래도 녹지 않았구나.

—「벼랑 위의 사랑」에서

길이 끝나는 곳, 그래서 결코 길이 될 수 없는 곳, 그러나 길 끝에 허공(虛空)이 비로소 시작하는 곳. 벼랑은 그렇게 시인 앞에 의미론적 층위로 다가선다. 그의 '사랑'은 다른 세계를 꿈꾸고 있다. 그래서 "모든 사랑은 벼랑 위에서 시작"되는 것이다. 둥근 바위가 곧 부화할 것 같은 알의 형상으로 허공을 향해 솟아오른 벼랑에서 "당신과 나"는 일체가 되어 떨어지고 동시에 죽음을 경험한다.

피의 제단에서 스스로 죽음을 향해 뛰어내리는 자는 희생자이며 동시에 정화된 자로서 어떤 성역(聖域)에 들어서 있다. 그러나 다른 삶을 받아들인 자기 참해(慘害)적인 상징은 아직 현실에 묶여 있다. 벼랑에서 떨어진 자는 계곡의 "태양이 끓는 용광로"에서조차 자기 파괴를 거부당한다. 여

전히 붙은 "한 번도 가까워진 적 없는" 태양의 문 뒤에 숨어 있기 때문이다. 미망으로부터의 탈주는 쉽게 용인되지 않는다. 그래서인지 시인은 죽음의 끝이 새로운 시작이라고 섣불리 발설하지 않는다. 삶은 결코 죽음을 통해 반복되어서는 안 되기 때문이다. 그런 의미에서 '벼랑'은 기투(企投)의 첨예한 현장이다.

일찍 돌아가신 아버지 제사를 지내다 보면
갑작스레 나는 과일에 관심을 갖는다
왜 대추와 밤과 배와 감을 필수적으로
제사상 맨 앞자리에 놓는가
생각해 보니 이 제사상에서 과일만이 죽지 않았다
죽은 사람의 식탁에 산 생명이 앉아 있는 것이다
(……)
부모가 다 키운 자식을 세상에 내놓듯이
나는 죽은 아버지를 이미 오래전에 버리고는
살아 있는 과일들에게 넙죽 절을 했다

—「제사」에서

죽음은 결국 삶을 위한 상징이며 그것이 치환된 관념이다. 어떻게 살 것인가의 문제는 죽음 이후의 세계를 어떻게 맞이할 것인지에 대한 하나의 대답이다. 아버지의 제사를 지내며 정작 죽음보다도 삶에 경배하는 희화화된 역설적인 상황은 시인이 삶과 죽음을 어떻게 받아들이고 있는지 잘 보여 준다. 죽음을 기리는 행위는 결국 살아 있음을 숭배하는 것과 다르지 않다. "죽은 사람의 식탁에 산 생명이 앉아" 죽음을 통해 삶을 반추하면서도 죽음보다 삶의 의미에 천착하려는 태도를 이 시는 견지하고 있다. 살아 있다는 것은 위대한 일이다. 그러나 살아 있기 위해서 "아기를 낳고 낳고 낳고 또 낳고자 하는 의지"(「대추」)는 필연적으로 죽음이라는 희생 위에서만 가능하다.

다시 삶을 찾아서

신화는 삶의 양식이다. 그런 것처럼 신화적 세계관의 순환론적 시간관념은 현재적 시간성과 근원적 성찰의 경계를 넘나든다. 야망과 이기적인 욕망을 일체 만유에 다시 재현하려던 인드라를 깨우친 것은 광대한 우주적 시간 속에서 인드라 자신이 미물에 지나지 않는다는 점이었다. 그 영예란 일흔한 번의 영겁 동안만 유지될 뿐이다. 그 시간은 순간에 불과하다. 왜냐하면, 일흔여덟 번째 인드라가 윤회하는 시간은 브라흐마(Brahma)의 하루밖에 되지 않기 때문이다. 게다가 살아 있는 동안 사악한 행위를 한 존재는 반드시 미천한 존재로 환생하기 때문에 그 영예는 결코 항구적으로 지속하는 것이 아니다. 비슈누가 나라다(Narada)에게 환영을 보여 준 이유 또한 삶의 고난이 끊임없이 반복된다는 것이 아닌가. 그 고통의 사슬을 끊는 일은 결국 삶의 문제로 돌아온다.

불변의 영원한 실재인 리타(Rita, 天則)가 우주의 혼돈과 불확실성으로부터 조화로운 세계를 선사한 것처럼, 인간 세계의 다르마(Dharma, 理法)는 현실적인 삶을 견인한다. 그 무엇으로도 환원되지 않는 무한한 '존재'는 리타와 다르마의 간극을 가로지르며 지금 이곳에서 꿈꾸는 자다. 참된 선택은 어떤 권능을 얻고자 하는 것이 아니다. 그것은 언제나 근원에 다가가고자 하는 것이며 그렇게 삶의 결연한 의지를 전경화(前景化)한다.

이번 시집은 시인이 승가에 귀의하기 전에 정리한 속세에서의 마지막 시집이다. 이 시집을 '어머니'에게 헌정한 점은 결코 우연이 아닐 것이다. 육친의 정을 넘어서서 그의 세계가 어떤 거대한 '바다'를 향하고 있을 때, 필연적으로 그는, 어쩌면 등가적 표상일 수도 있는, 자신으로부터 가장 가까운 '근원' 앞에 자기의 세계를 바치게 된다. "바람이 사라질 때까지 기다렸다간/ 영원히 촛불을 켤 수 없다"(「이제는 사랑을 노래할 수 있을 것 같다」)는 시구 하나를 들고 이제 두 손을 가만히 모아 보자. 그 촛불이 밝히는 어느 먼 길의 입구까지나마 함께 따라올 수 있었던 것은 크나큰 축복이었다.

차창룡

1966년 전남 곡성에서 태어나, 조선대 법학과를 졸업하고
중앙대 대학원 문예창작학과에서 박사학위를 받았다.
1989년 《문학과사회》에 시로, 1994년 《세계일보》 신춘문예에 문학평론으로 등단했다.
시집 『해가 지지 않는 쟁기질』, 『미리 이별을 노래하다』, 『나무 물고기』, 『고시원은 괜찮아요』,
인도 기행 산문집 『인도신화기행』 등이 있으며, 1994년 첫 시집으로 제13회 김수영 문학상을 수상했다.
중앙대, 추계예대, 경기대, 서울여대 등에서 강의했으며, '21세기 전망' 동인으로 활동하고 있다.

벼랑 위의 사랑

1판 1쇄 찍음 · 2010년 4월 12일
1판 1쇄 펴냄 · 2010년 4월 22일

지은이 · 차창룡
발행인 · 박근섭, 박상준
편집인 · 장은수
펴낸곳 · (주)민음사

출판 등록 1966. 5. 19. 제16-490호
서울시 강남구 신사동 506번지 강남출판문화센터 5층 (우)135-887
대표전화 515-2000 / 팩시밀리 515-2007
www.minumsa.com

ISBN 978-89-374-0781-9 (03810)